거짓말처럼 맨드라미가

이승희 시집

문학동네시인선 030 이승희

거짓말처럼 맨드라미가

시인의 말

밥 먹이고
옷 입히고
반짝이는 머리핀 두 개쯤 꽂아주고
붉은 네 손목을 잡고 아주 오래도록 걷고 싶었다
.

폐허 속으로
들어온
천진난만
나는 줄 게 아무것도 없어서
너
즐겁게
노는 동안
폐허로 살아낼 수 있었던 것
.

정직하게 울었고
맨드라미가 피었다.
그랬단다, 아가야
솔아

2012년 가을
이승희

차례

종점의 풍경들이 나를 걷게 한다
폐허 속의 천진들이 나를 걷게 한다
폐허를 찾아온 당신이 나를 걷게 한다
폐허를 내 보이는 일
말없이 건네는 손이 되는 당신에게

1부

맨드라미는 지금도

햇살이 가만히 죽은 나무의 머리를 쓰다듬는 동안 나는 죽은 내 얼굴을 만져볼 수 없다는 것이 믿겨지지 않았다. 젖을 물리듯 햇살은 죽은 나무의 둘레를 오래도록 짚어보고, 고스란히 드러난 나무의 뿌리는 칭얼대듯 삐죽 나와 있는 오후. 어떤 열렬한 마음도 이 세상에서만 가능하다는 것은 거짓말이다. 내가 싸워야 한다면 그 때문. 내가 누군가와 섹스를 한다면 그 때문. 거짓말처럼 내 몸을 지나간 칼자국을 기억하기 때문이 아니다. 우글거리는 상처 따위가 아니다. 맨드라미는 지금도 어디선가 제 키를 키우고 있기 때문이다. 죽은 나를 두고 살아 있는 내가 입을 꾹 다물고 먼지처럼 그릇 위에 쌓여가는 일은 그러므로 아주 서러운 일은 아니다. 이젠 벼랑도 아프지 않다고 생각에 잠긴 귀를 흔들어보는 일. 입을 벌리면 피가 간지러운 듯 검은 웃음이 햇살 속으로 속속들이 박혀드는 날. 집이 사라지면 골목은 어디로 뛰어내려야 하나.

제목을 입력하세요

내 몸 어딘가에 산기슭처럼 무너진 집 한 채 있다면 그 옆에 죽은 듯 늙어가는 나무 한 그루 있겠다. 내 몸 어딘가에 벼랑이 있어 나 자꾸만 뛰어내리고 싶어질 때, 밭고랑 같은 손가락을 잘라 어디에 심어둬야 하는지 모를 때, 늙은 나무 그늘에서 잠들고 싶어. 죽을힘을 다해 꽃을 피우는 일은 못된 짓이다. 죽을힘은 오직 죽는 일에만 온전히 쓰여져야 한다. 당신도 모르게 하찮아지자고, 할 수만 있다면 방바닥을 구르는 어제의 머리카락으로, 구석으로만 살금살금 다니면서 먼지처럼 쓸데없어지자고. 한없이 불량해지는 마음도 아이쿠 무거워라 내려놓고, 내 몸 어디든 바람처럼 다녀가시라고, 당신이 나를 절반만 안아주어도 그 절반의 그늘로 나 늙어가면 되는 거라고.

그러면 나 살 수 있을까?

내 몸 어딘가에 나 살고 있기나 한 걸까?

늙은 토마토는 고요하기도 하지

거짓말처럼 제목이 바뀌어버린 생에 대하여 알고 있다는 듯 고개를 돌린 채 늙는 일에 열중이신 늙은 토마토는 오늘도 두꺼운 책 한 권을 꺼내 읽는다. 늙는 일도 아직은 살아서 할 수 있는 일, 비명을 지르고 절벽을 뛰어내리던 날의 열렬함과 다르지 않다고. 버려진 담배꽁초를 주워 호호 불어 피우던 휘파람 같은 구름이 간다고 쉽게 쉽게 열리는 일. 세상이 붉게 충혈된 눈 속이었을 때 나 더 붉게 붉게 밀어 올린 빨강의 이름을 조금씩 잊는 일. 그러나 지금은 늙어가는 일에 온 마음을 다해야 할 때, 세상 밖으로 자꾸만 몸이 기울어도 당신의 이름을 웅크려 쥐고 이건 다 내가 스스로 원했던 거라고 말할 수 있기를. 입속에서 뜨고 지는 하루를 조용히 우물거리며 물고기처럼 동그랗게 눈 뜨는 일은 당신에게 동의하는 마음 같은 거. 조금씩 어두워지는 저녁 오늘의 죽음이 내일을 열어주지 않을지도 모른다는 이 즐거운 불안에 대하여.

봄비는 그렇게 내린다

칼끝은 굳이 내 몸에 저의 생을 기록하고 싶어했다. 그 저녁의 바깥에서 내가 개처럼 나를 핥는 동안에도 날 버린 마음들 환하게 불빛으로 켜지고, 마음 없는 몸은 창백하게 앉아 뼈를 깎는다. 칼이 혀끝을 부드러운 적막처럼 지나고 눈썹 위에서 새들이 우수수 떨어졌다. 붉은 불빛들이 구슬처럼 흘러 천국의 불빛처럼 반짝이고. 날 버린 마음들도 황홀했다. 봄비를 맞으며 비로소 내 몸을 보낼 수 있을 것 같다고 생각했다. 먼지 같은 시간들이 뭉쳐지는 저녁, 죽을 수 있다는 말과 함께 저녁은 저녁의 얼굴로 나를 돌아본다. 어둠이 흰옷을 갈아입고 이제 비로소 절망한다. 발 딛고 서 있는 모든 것들에게 안녕을, 봄비가 내린다.

그리운 귀신

내게 말을 거네
검은 꽃들
그늘에서
가만히
입 벌린 채
어떤 싸움의 기억도 없이

눈을 깜박이며 골목 끝으로 사라지는
죽은 나무들의 등 뒤로
이젠 내 것이 아닌
한때의 꿈이
비명처럼
불빛처럼
업혀 가네

버스에 실려 간 오후처럼
버려진 손톱을 기억하는 것은
수몰된 집처럼 물에 잠긴
내 발목이 아직 시퍼런 까닭이고
그리하여
몸 밀어오는
차가운 손가락들에게
죽은 꽃들의 목덜미가 하얗다고

말해주는 것

내가 지상에서 하고 싶은 일은
맨드라미 붉은 손목을 잡고
휘파람 불며 집에 가는 일

그리하여
내일 싸울 일을 조금 남겨두는 일

다시 봄비는 내리고

　봄비라는 말 속에서 너를 만났다. 지친 뒤척임만 가득한 눈을 보며 그 속으로 살러 가고 싶었다. 낭떠러지 같은 말 봄비 속에서 너와 사랑을 했다. 비명도 없이 절벽을 뛰어내리던 꿈. 너와 살고 싶은 저녁이 봄비라는 말 속에 있다. 천국이 있다면 봄비라는 말 속에서부터 시작될 거라고 나무들이 키를 키우며 책처럼 펼쳐지던 날 있었다. 아주 오래전 거짓말처럼 또다른 생이 시작되었고, 단절은 나를 멈추게 하지만 절벽은 나를 뛰어내리게 하였다고 나는 기록한다. 나의 절망은 비루하였고, 꽃이 피는 것을 이해할 수 없는 날들이 네가 떠나간 흔적처럼 남았다.
　봄비를 맞으며 골목을 지나가는 연인들. 저들은 서로를 버티느라 또 얼마나 힘겨울 것인가. 내가 없이 봄비가 내리는 저녁.

그림자들

발자국마다 벼랑이다. 바람 속에 찍힌 무수한 새의 발자
국은 누가 남긴 유서인가. 빈정거림처럼 구름이 흩어지고
난 후 산 그림자 폭풍처럼 깊어진다. 비로소 적막이 입술을
여는 저녁이면 세상 모든 것들의 이름도 실행되지 못한 유
서로 남아 고요해진다.

나 다시는 돌아가지 못해. 꽃 피지 않은 꽃나무를 꺾어 편
지를 쓰는 동안 그림자들 무수히 내 몸속을 들락거리고, 내
기록은 여기까지라고, 막막했던 공중은 오늘 하루만큼 더
막막해질 것이고, 어제 꽃피지 못한 하루는 버려진 채 빛날
것이다. 무릎을 모으고 나를 기다리는 저 그림자의 검은 입
속으로 난 무엇을 앞세울 수 있을까.

나를 받아줄 수 있겠니.
나를 안아줄 수 있겠니.

외로운 것들이 갈수록 착해지는 게 싫어서
비명이 말랑해지도록 내버려두는 건 죽기보다 싫어서
버려진 것들은
낡아가지 않고 죽어버리라고
종일 휘파람을 불었다.

먹다 버린 빵처럼 떼어먹히고
세상 밖으로 자꾸 몸이 기울 때
내가 살던 응암동 110-33호는
이승이었던가
비가 오면
바람이 불어오는 방향으로
바람이 불면
맨드라미 붉은 목을 찾아
아무리 마음을 세워봐도
이건 나보고 죽으라는 건지 살라는 건지
다시 오더라도 이렇게 오는 것은
아니었다고

나는 죽더라도 온 힘을 다해 죽을 거라고 다짐했다.

버려진 가방 같은

한때 발목을 적시던 은근한 속삭임들이 끈질긴 구토로 올
라오는 밤
쓰다 만 문장의 끝에서 누런 구정물이 흘러드는 밤
바늘을 삼킨 물고기처럼 붉게 충혈된 눈만 가득한 밤
아이가 서 있던 자리에선 붉은 구름이 생겨났다
천천히 낡아가는 사진 속에서
내 얼굴은 검게 검게 지워지고
치욕에 온몸을 떨면서도 치욕을 옷 입고 있는 것은
죽고 싶은지 죽여버리고 싶은지를 모르기 때문
끝끝내 나의 항복을 받아내고자 하는
몇 달째 넘어가지 않는 달력 앞에 서서
나는 한 움큼의 굴욕을 밥 먹는다
달아질 때까지

버려진 가방은 어느 순간 풍경에서 지워질 것이므로

부치지 못한 편지

여기는 지상에 없는 방 한 칸. 나는 여기서 봉인된 채 녹슬어가는 중입니다. 지리멸렬한 문장들이 구름처럼 떠돌다 목마름으로 내려옵니다. 내가 꿈꾸는 것은 매일 조금씩 지워지는 것. 누구도 눈치채지 못하게 나를 덜어내는 일. 이 도시가, 사회가, 친구가, 애인이, 지하실 박스 속에 담겨 몇 년째 풀지 못해 썩어가는 책들이 나를 들춰보고 조금씩 떼어먹기를, 그리하여 어느 여름날 선풍기 바람에 흔적 없이 날아가버릴 수 있으면. 부치지 못한 편지들은 부치지 못한 대로 잠들고, 집 나가 돌아오지 못한 마음은 살아서 내 죽음을 지켜보길. 그러니 하나도 새롭지 않은 절망이여 날마다 가지 치고 어서 꽃피워 융성해지시기를. 내가 지워진 자리, 내가 지워진 세상을 가만히 만져본다. 따뜻하구나, 거기 나 없이 융성한 저녁이여.

화분

늙은 토마토는 자라는 것을 멈추고
좀처럼 늙지 않았다

나 이제 늙어서 더 늙을 게 없으니
어쩌면 좋으냐

사각의 흰 스티로폼이 거품을 물고 늘어지는 시간입니다

어두워지길 기다려 뱀처럼 고개를 쳐든 버섯들
그네 타는 아이의 흰 발목처럼
귀두를 쑤욱 내밀며
토마토의 발밑에 제 뿌리를 박아넣고
집 한 채 짓습니다
고요조차 몸 둘 바를 몰라 비린내를 풍기는
비밀스런 동거는 그렇게 시작되었고
화분은 고요했습니다

아침이면 버섯은 실처럼 가늘어져
흔들리는 이빨을 매달고 사라졌습니다

내 생은 자꾸만 제목이 바뀌는 책
제목 없이 시작되는 영화 같습니다

내 삶의 전부이신 막막함이여,

막막한 마음들 데리고 길을 나선 적 있지. 푸르고 맑은 것들의 빛나는 이마를 바라보며 골목을 하루 종일 헤매다 어느 집 담벼락에 기대어 담배를 피우며 시든 잎처럼 앉아 있곤 했어. 여기가 사막이군. 무수한 도시의 사막은 그렇게 발견되었던 거야. 손가락 가득 모래가 빠져나가고 나면 거대한 모래 무덤이 더이상 갈 데 없는 누추한 시절로 허공을 붉게 물들이지.

오래도록 서 있었으며

자주 그랬으며

오늘은 어디에서 나의 죽음을 저당 잡힐 수 있을까

그럴 수 있기나 할까?

근거 없는 이유들로 살아내기엔 가슴이 너무 뭉클했고, 잠을 자면 죽은 것들이 가득했다. 마음 없이 떠돌던 모든 것들 내게로 와 잠들었다. 잠든 것들의 이마를 짚어주며, 내게 등을 보인 것들을 하나씩 지워냈다. 버려진 담뱃갑이 각을 세우고 누워 있는 구석 어디쯤, 뭐 그쯤에서 쓰러지면 그만이었다. 막막함이여.

그날

　길고양이 같은 표정의 오후를 핀셋으로 담벼락에 꽂아두
고 나는 당신의 입술을 당겨왔다. 당신은, 나는 피 흘리는
짐승이었다. 늑대 발톱을 물어뜯으며 한 세기 전의 동굴 속
을 달렸다. 티베트 여우의 눈빛 속은 따뜻하고 경이로웠지
만 이별은 언제나 눈썹 위에서부터 고이기 시작하지. 당신
의 손가락 끝이 조금씩 지워지는 것도 그 때문이란 걸 알았
다. 담벼락이 바람에 흔들렸다. 당신의 입술은 분필 가루처
럼 공중으로 흩어져 펑펑 꽃이 되거나 퍼렇게 멍들었다. 당
신이 떠나던 날 천지에 매화 잎은 다 지고 대숲에 짓던 바
람의 집처럼 사소한 일에도 새들은 떠났으며 떠난 자리마
다 물 밑이 환했다.

연신내 약국 앞 포장마차에는

사람들이 그리워한 것은 불빛이었는지 모른다. 나 또한 불 꺼진 집을 한참 바라보다 여기에 왔다. 사람들의 이야기가 불빛에 흑백사진처럼, 엑스레이처럼 비쳐졌다. 저기 불빛을 등진 사람의 얼굴에 남은 그림자와 불빛이, 불빛을 마주 앉은 사람의 등 뒤에 생기는 제 그림자 속으로 오늘 잠들 수 없는 이유들을 고스란히 적어가고 있다. 오늘 하루가 전 생애였음을 알겠다고, 젖은 불빛이 젖은 눈으로 사람들을 바라본다. 소주잔이 비워지듯 오늘을 비워낼 수 있다면, 내 삶은 왜 이 같지 못한 거냐고 말할 수 있는 것도 사실은 그 불빛이 거기에 있기 때문에 가능한 일이다. 식은 국수 가락 같은 어깨를 툭툭 쳐보며 일어서려 하지만 쉽게 일어설 수 없었던 것은 오늘 그가 일용할 양식을 위해 너무 아팠기 때문이라는 걸 불빛은 안다.

그렇게 돌아서는 사람의 비틀거리는 어깨를 끝까지 잡아주던 그 불빛을 기억한다.

아무도 듣지 않고 보지 않아도 혼자 말하고 빛을 뿜어내는 텔레비전 한 대가 있는 헌책방

헌책방 불빛은 참 착하다. 저녁 내내 그 불빛 아래에서 헌책처럼 말이 없던 사내와 그 사내를 닮아 더욱더 말이 없는 의자가 말없음으로 서로 껴안고 우는 시간에도 가만히 그 등을 두드려주지 않던가. 그렇게 등 두드리는 불빛의 손을 보았다. 아무런 입장도 말하지 않는 마음은 제목이 지워진 책등의 글자들처럼 흐릿했다. 그 흐릿함이 사람을 얼마나 따뜻하게 해주는지를 안다. 내게 한때는 그런 사랑이 있었다. 늦은 저녁 술집에서 그대가 날 두고 떠난 자리를 오래 바라보다가 거기서 날 바라보는 불빛 하나를 보았다. 그대 등 뒤에서 그대 가슴에 그늘을 만들던 그 불빛이었다. 괜찮다고 조금 더 그렇게 있으라는 말. 무엇이든 오래 쥐고 있으면 따뜻해진다는 말.

낡은 책 한 권을 꺼내든다. 불빛이 금세 내게로 흘러든다. 둥글어진 모서리로 물방울처럼 고인 불빛들. 책을 펼치면 어느새 그 안에 가득한 불빛의 강. 내 가슴 한켠에 저 불빛 같은 사람이 있다. 어느 저녁 빈집에 불을 켜두는 마음 같은.

2부

봉숭아 물들다
—솔에게 2

　꽃과 몸 섞는 일이란다. 밤새 너는 꽃의 방랑기로 온몸이 붉어질지도 몰라. 꽃이 피는 소리를 들으려면 네 몸을 꽃에 명주실로 꽁꽁 싸매야지. 손가락이 스칠 때마다 바람 냄새가 온몸 가득 스며드는 그런 꿈이란다. 담장 아래에서 오랫동안 누군가를 기다리던 기억과 공중에서만 피는 꽃의 일기장을 흐린 불빛 아래에서 펼쳐보는 일이란다. 꿈꾸지 않으면 아무것도 없는 거라고, 어둔 흙 속을 뜨겁게 열어온 꽃의 내력을 품는 일. 그네를 타거나 기차를 타고 꽃 속으로 오래오래 들어가보는 일.

　꽃이 지는 소리처럼 네 무릎가를 적시는 강물의 아침처럼 그렇게 열 손가락 끝이 빨갛게 울어버린 밤이 지나면, 네 몸에서 핀 꽃을 보게 될 거야. 그리고 네 손톱에 자라는 흰 달이 다시 널 마중 나올 때까지 행복할 거야. 그 흰 달이 기억하는 꽃의 이름, 상처가 아물면 꽃이 핀다는 걸 알게 될 거야.

어느 여름날

구름이 연신내역을 지나가다 말고 가만히 내 방을 들여
다본다

고요한 물처럼
막막한 마음을 오래도록 밀어온다

혼자 밥을 먹는다는 것은
너무 멀리 왔다는 말
쓰러질 곳을 찾지 못해
비가 되지 못한 바람 같은 거라고
우체국 소인처럼 찍힌다

오래도록 서 있는 구름의 끝으로 내 마음이 조금씩 어두
워진다

넌 왜 버려진 거니

내가 이마를 짚어주던 그리운 것들은 모두 구름이 되었다

푸르른 것은 그것뿐이었던 어느 여름날

여름의 우울

누군가 내게 주고 간 사는 게 그런 거지라는 놈을 잡아와 사지를 찢어 골목에 버렸다. 세상은 조용했고, 물론 나는 침착했다. 너무도 침착해서 누구도 내가 그런 짓을 했으리라고는 짐작도 못 할 것이다. 그후로도 나는 사는 게 그런 거지라는 놈을 보는 족족 잡아다 죽였다. 사는 게 그런 거지라고 말하는 이의 표정을 기억한다. 떠나는 기차 뒤로 우수수 남은 말들처럼, 바람 같은. 하지만 그런 알량한 위로의 말들에 속아주고 싶은 밤이 오면 나는 또 내 우울의 깊이를 가늠하지 못하고 골목을 걷는다. 버려진 말들은 여름 속으로 숨었거나 누군가의 가슴에서 다시 뭉게구름으로 피어오르고 있을지 모른다. 고양이도 개도 물어가지 않았던 말의 죽음은 가로등이 켜졌다 꺼졌다 할 때마다 살았다 죽었다 한다. 사는 게 그런 게 아니라고 누구도 말해주지 않는 밤. 난 내 우울을 펼쳐놓고 놀고 있다. 아주 나쁘지만 오직 나쁜 것만은 세상에 없다고 편지를 쓴다.

동물원에 태양이 지루하게 떠 있는 동안

기린은 좀처럼 움직이지 않았다.

엄마를 잃은 아이가 버려진 짐승처럼 울부짖는 것을 긴꼬리원숭이가 바라보고 있다.

하마가 사라진 물속으로 느리게 느리게 시간이 흘렀다.

머리를 뒤로 묶고 흰 목을 드러낸 여자애들이 말의 엉덩이에 탄성을 지르는 동안 가족들은 뱀 목도리를 하고 사진을 찍었다.

잠든 악어의 등가죽 위로 모노톤의 바람이 머물다 지워졌다.

동물원을 나온 사람들이 모두 고깃집으로 가고 있을 때 나무들은 고개를 숙이고 땅바닥에 그림을 그리고 있다.

태양이 알고 있는 것은 아무것도 없다.

여름의 대화

　　그녀는 가끔 내게로 소풍 온다.

　　그녀는 그릇을 닦다 말고 골목을 건조하게 바라보는 습관이 있다. 접시가 불안하게 매달린 손끝으로 여름이 왔다. 죽은 잎과 산 잎을 모두 달고 있는 화분이 제 마음이 기우는 쪽으로 넘어지지 않으려고 안간힘을 쓴다. 말없이 눈만 깊어지는 오후 그녀가 피우는 담배연기처럼 거대한 적란운이 만들어지고 있었다. 종일 선풍기가 방 안을 돌아다녔으며 도시엔 먼지처럼 모래가 흩어졌다. 숨을 곳이 여름밖에 없다면 믿을 수 있겠어? 그러니깐 뭐든 끝이 있지 않겠어요? 종일 라디오를 들었다. 창문 아래로 벽을 지나온 물의 흔적이 벽지에 죽은 달리아처럼 피었다. 수시로 나는 나를 만나지 못하고 잃어버리곤 해. 가만히 내 몸을 내려다볼 때 참 쓸쓸해. 골목 어디쯤을 휘청이며 걸어가는 내 마음을 만나는 저녁. 내가 울지 못하는 이유는 내 몸에 내 마음이 있는지, 없는지 불안하기 때문이야.

호텔 캘리포니아 혹은 늙은 선풍기의 노래

사막의 고속도로를 달리는 내 머릿결이 바람에 스칠 때*
늙은 선풍기는 탈탈거리며 지루한 반복의 시간을 세고 있는
것처럼 여름은 길고 쓸쓸했다. 돌은 뜨거웠고 모래알은 알
알이 흩어져서 먼지가 되거나 비가 오는 곳으로 달아났다.
유행가들이 아무렇게나 세상에 던져진 후 흔적 없이 사라지
는 일이 반복되었다. 구름은 오후 두 시부터 세 시 사이에
서 길을 잃었고, 길을 잃는 일은 반복되었다. 그것은 마치
강물이 무거운 돌을 받아들일 때처럼 가로세로 차마 어디
로도 가지 못하는 사이 바닥에 이르는 것과 같아서 구름은
높을수록 바닥에 가까워졌다. 사람들은 쓸쓸한 줄도 모르고
노래를 불렀고, 노래가 끝나면 태양이 진 곳에서 함께 지워
졌다. 내가 마지막으로 기억하는 건 입구를 향해 뛰었던 거
야.** 늙은 선풍기의 노래가 모래바람 속으로 흘러가고 골
목 끝으로 여름이 오고 있다.

*, ** 이글스의 〈호텔 캘리포니아〉에서 변형.

여름이 나에게 시킨 일

이마트 뒷길 4차선 도로에서 여우를 보았지만 아무에게도 말하지 않았다. 가끔씩 횡단보도 너머로 모래언덕이 순식간에 생겼다 사라지는 것에 대해서도 침묵했다. 그저 난 전봇대 아래에 버려진 낡은 식탁이었으므로 창밖으로 아무렇게나 흘러가는 라디오 소리였으므로. 버려지기 전까지 식탁은 가족의 역사였다. 아직도 물안개가 놓였던 자리에서 여전히 꽃이 핀다.

이젠 손가락 사이에서 태양도 달도 뜨지 않아. 눈을 뜨고 있어도 발가락 사이에서 벌레들이 기어나왔지만 그 역시 말하지 않았다. 내 몸이 커다란 벌레의 집이 되어가고 있다고 말하는 것은 너무 쓸쓸해. 너무 쓸쓸하면 냉장고 속으로 들어갔다. 친구가 홍대 앞에서 만 원에 석 장 하는 반팔 티셔츠를 사왔지만 나를 찾지 못하고 돌아갔다. 여름이었다. 고온다습한 날이 계속되고 있다. 구름에 대한 침묵을 어기고 늙은 선풍기는 탈탈거리고 비가 오면 쓰러진 술병에서 자꾸만 푸른 뱀들이 쏟아져나와, 담배연기처럼 커튼 속으로 사라졌다. 아무도 알지 못하는 시간이 커튼 뒤에서 빵처럼 부푸는 동안 하늘은 파랗게 깊어졌다. 술병을 세우거나 눈물을 손등에 올려놓고 흔적도 없이 사라질 때까지 오래 문지르는 일이 반복되었다.

살 속은 적막하다

고기를 썬다
살이 둥글게 쌓여간다
피도 없이
눈물도 없이
햇살도 없이
사각이는 풀의 밟힘도 없이
사육된 것들의 살 속은 적막하다

누가 내 몸에서
살을 발라내는가

돌아누울 수가 없다

맨드라미 피는 까닭은

상처로 물이 고인다.

가만히 들여다보면
물이 상처의 집을 짓고 있다.
그러므로 물을 들여다보는 일은 상처일까 위로일까 나는
종일 물을 들여다본다. 그러는 동안에도 종양은 자라고 생
살은 돋지 않았다. 사는 일이란 게 처음부터 상처 나는 일이
었다고 맨드라미가 빨갛게 피었다.

손끝으로 물을 가만히 누르면 지루한 바람이 불어왔다.
얼굴을 물속에 묻고 참으로 진부하게 길을 묻는다. 물이 지
워진 입, 닫혀진 입의 흔적을 지우며 결 고운 입자로 흘러갔
다. 상처가 까맣게 맨드라미 씨앗으로 익어갈 무렵.

맨드라미 정원

저녁이 오지 않는 날 있습니다
무엇과 무엇 사이에 아무도 살지 않는 집 있습니다
허공도 바닥도 아닌 곳에서
머리를 부딪쳐 피 흘리는 날 있습니다
잠을 자도 되는지
이쯤이면 그만 죽어도 되는지
묻지 못하는 날 있습니다
날마다 자라나는 과거도 있습니다
내가 버려진 상자가 되는 것은
정말 순식간에 벌어지는 일입니다
아무도 날 데리러 오지 않아도
장례식은 어디서든 시작되고 끝날 것입니다
나의 삶이란 한 줄로도 충분해서
누구든 나를 대신할 수 있습니다

나는 맨드라미 정원에 살고 있습니다

맨드라미 손목을 잡고

내가 말을 잃고
고양이처럼 울 때
맨드라미 흰 손목에 그어지던 햇살
칼자국처럼 가늘고 창백했다
내가 골목 끝에 이르러
지나친 집의 주소를 잃고
떠다닐 때
맨드라미 손목
붉은 피 핥으며 살았다
나 그렇게 견뎠다
녹슬어가는 자전거와 골목 사이 공터에서
맨드라미 손목은 울음 같았고
혼자 그네를 밀고 있는
기다림은
살을 입고, 피가 도는지
한없이 붉어지고
붉은 둘레를 걸어다니며
나 오직 먼지가 되기 위하여
맨드라미 뿌리에 닿기 위하여
폐관하는 저녁
저 물속 어디쯤 내가 떠나온 자리라고
아무리 돌을 던져도
이제 그만 잠들고 싶다고

굳게 입을 다무는 집
화단처럼 깊어만 지네

나는 당신의 허기를 지극히 사랑하였다

먼 불빛 같은 얼굴로
흘러든 당신의 허기 앞에서
나는 공손한 한 마리의 뱀
사막을 걸어온 듯
당신 발가락 사이에서 모래가
별처럼 쏟아졌다
나는 별 사이를 쏘다니다
당신의 반짝이는 허기 속으로
귀가한다

살 속이 따뜻하다

핏물

참 예쁘게도 베이셨다. 퇴적층마다 돌칼 무늬 깊숙한 밤들이 도살자의 무심한 표정처럼 속속들이 박혀 있다. 숲이 아닌 도시를 떠돌다 온 사내의 반쯤 사라진 얼굴, 열린 살 틈으로 늙은 매화의 중얼거림처럼 배어나왔다.

밤새 찬물에 몸 담그고 계신 고기는 눈물도 핏물도 버리신 채 오래된 불안처럼 적막하시다.

따뜻한 밥 한 그릇 드리고 싶다. 불안조차 잃어버린 사육의 날들.

당신이 두고 간 적막 앞에는
분노하거나 울지도 못하는 생이 있다.

붉다

정육점에 간다
머리 풀고
슬리퍼 끌고
속옷과 겉옷이 가끔씩 뒤바뀐 걸음으로
초원이 아닌 골목을 거슬러
강물이 아닌 슈퍼를 지나
정육점에 간다

저항을 포기한 지 오래
붉은
살코기들이
바닥을 향해 매달린
피 흐르지 않는 살을
피 흐르지 않는 삶이
두리번거린다

고기 속으로 칼을 푹 찔러넣던 날들 있었나
날카로운 이빨로
제 살이라도 물어뜯어야 살 것 같은 날들 있었나
예쁘기도 하지
도살의 흔적
싱싱하기도 한
저 허구적인 불빛

붉다
붉어서 눈물 나는

빈방 있음

싱겁기도 하지 빈방 있음이여. 그걸 붙들고 선 전봇대는 뭔가 싶다가도 이리저리 뜯어져 팔랑이는 내 마음이여 싱겁기도 하지. 왜 난 자꾸만 빈방은 벼랑 끝에만 있는 거라는 생각이 드는 걸까. 그 빈방에 버드나무를 심어볼까? 싱겁기도 하지. 사막 끝의 빈방은 또 어떤가. 들여놓을 마음 없이 몸만 가도 되는 방은 얼마나 싱거운가.

나는 늙기를 기다려요.

빈방처럼 나이 드는 일은, 마음의 한끝이 자꾸만 투명해지는 거라고, 나는 어머니의 화단에서 무말랭이처럼 말라가는데, 버드나무 가지들은 춤출 때마다 투명해져서 새처럼 자꾸만 날아가네요. 셀 수도 없는 곡선의 질주는 아름답네요. 투명이 잠시 세상을 훔쳐내고 있어요. 그러고 보면 이 세상은 빈방이군요. 싱겁기도 하지. 빈방에서 빈방을 생각해요.

어쩌나 내 마음의 빈방은

3부

안녕

　　스페인에서 온 엽서에는 흰 벽에 햇살이 가득했고 맨 마지막 안녕이란 말은 등짐을 지고 가파른 골목을 오르는 당나귀처럼 낯설었다. 내 안녕은 지금 어디 있는가 가만히 몸을 만져본다. 두꺼운 책처럼 아무도 오지 않는 저녁 그 어떤 열렬함도 없이 구석에서 조용조용 살았다. 오늘 내게 안녕을 묻는 이의 이름을 떠올린다. 그에게 수몰된 내 마음 보였던가. 구석에서 토마토 잎의 귀가 오래도록 자란다고 말했던가. 내 몸의 그림자는 구석만을 사랑하는지 구석으로만 자란다는 말을 했던가. 내 안녕은 골목 끝에서 맨드라미를 만나 헛꿈들을 귓밥처럼 파내던 날 죽어버렸다고, 물은 결국 말라서 죽는다고 말했던가. 나는 누군가에게 안녕이란 말을 했던가. 더는 물어뜯고 싶지 않다고 조용히 말했던가. 안녕을 묻는 일은 물속을 오래 들여다보는 일 같다고, 물속에 대고 이름을 불러주는 일, 그리하여 물속에 혼자 집 짓는 일이라고 말했던가. 안녕, 그 말은 맨발을 만지는 것처럼 간지러웠지만 목을 매고 싶을 만큼 외로워진다고 비명처럼 말했던가.

그리운 맨드라미를 위하여

죽고 싶어 환장했던 날들
그래 있었지
죽고 난 후엔 더이상 읽을 시가 없어 쓸쓸해지도록
지상의 시들을 다 읽고 싶었지만
읽기도 전에 다시 쓰여지는 시들이라니
시들했다
살아서는 다시 갈 수 없는 곳이 생겨나고 있다고
내가 목매달지 못한 구름이
붉은 맨드라미를 안고 울었던가 그 여름
세상 어떤 아름다운 문장도
살고 싶지 않다로만 읽히던 때
그래 있었지
오전과 오후의 거리란 게
딱 이승과 저승의 거리와 같다고
중얼중얼
폐인처럼
저녁이 오기도 전에
그날도 오후 두 시는 딱 죽기 좋은 시간이었고

나는 정말 최선을 다해 울어보았다

가족사진

지금 여기 있는 게 나라면
지금 여기 없는 나는 누구일까

맨드라미를 키우는 햇살에 부지런히 댓글을 다는 동안
아무도 내 안녕에 댓글을 달지 않았다면
그것이 어둠 속에서 단단해지는 건가?
(어둠에 대해 조롱하는 태도는 극히 나쁘다)
중얼거림으로 가득한 이 저녁은 무엇이란 말인지
(측은한 마음에 기대는 태도는 죄악이다)

햇살이 왼쪽에서 오른쪽으로 느리게 걸어가는 동안 얼굴
이 반쯤 지워졌다가 다시 생겨났다 맨드라미가 거짓말처럼
피어 있었고, 멈춰진 시간은 어떻게 결박을 풀고 지금까지
흘렀을까 맨드라미가 얼룩이 되는 동안 익명의 계절이 어떻
게 나를 대신하였을까

여름

맨드라미가 맨·드·라·미로 피는 동안
죽은 발톱을 생각했다
나는 언제부터 죽은 발톱으로 걸었나
밥 먹다 말고 토해버린 생
역겨운 냄새 속에서
미처 소화되지 못한 이름처럼
까맣게 살이 오른 죽음들
발톱에 가득 모여 있다
맨드라미가 까만 발톱을 만진다
아빠 먼저 죽지 마
연두는 꽃이 져도 연두란다
먼저 죽지 마 혹은 목매달고 사이로
정신없이 몇 번의 계절이 지나갔다
여름은 너무 뜨거웠다고
맨드라미 붉은 손목에서 난 오래 잠들고 싶었다고

나는 뭉쳐지지 않는 구름

아무도 오지 않는 저녁
창문 주름진 커튼으로 서서
교외의 버스 정류장 낡은 광고판처럼
색이 바래 죽는 일
그리워했고

뭉쳐지지 못해 공중에서 말라 죽는
구름에 대하여 생각하는 저녁
표지 뜯겨진 채 버려진 책의
얼굴을 가만히 넘겨보다
맨드라미 씨앗처럼 까만
눈동자만 그리워하던 날들의
부드러운 호흡
기록으로 남지 않을 시간들을 보았다

집을 떠날 때 두고 온 맨드라미는
가끔 전철을 타고 왔다 갔다
침대에
창문에
맨드라미 발자국으로
물든 방
아 저 붉은 입술
책상 밑

장롱 속
서랍 속에서
눈물처럼 빛나네
그림자조차 붉게 아프네

맨드라미 밥 먹이고
맨드라미 옷 입히고
맨드라미 손목 잡고 집에 가는 길
멀고 멀어서
나 맨드라미로 지고 싶네

시절, 불빛

　불빛에 기대고 싶어지는 날, 혼자 늦은 저녁을 먹는다. 냉장고 문을 열고, 불빛 속에 손을 넣어 둥근 반찬통을 꺼내다 말고 저 불빛들, 다 길이다. 중얼거린다. 저녁이 산을 가만히 지우는 동안 나는 아무 소리 없이 밥을 먹었다. 불빛에 기대면 그늘이 된다, 어둠이 된다. 여긴 마치 물속의 방 같아서 애초 바닥 따윈 없는지도 몰라. 그래, 그런 시절이 있었지, 두려움 따위는 집어치웠던 시절, 몸에 긴 칼자국을 그리던 겨울. 깜박거리던 불빛 같은 핏방울로 달빛조차 붉어 보이던. 창문으로 달이 지난 지 오래. 아무것도 소곤거리지 않는 참으로 편안했던 불안.

　불빛에 부풀려진 영혼은 밤새 공중을 떠다니고
　달빛이 얼음처럼 차가웠던 어느 날 붉고 동그랗던 불빛을 기억한다.
　그 불빛들
　나무들의 손가락 사이에서
　물방울처럼 흘러내렸고
　아직도 무거운 외투를 걸치고 앉은 시절.

　남은 반찬을 냉장고 속에 넣고, 불을 켠다. 깨알 같은 글자들로 가득한, 채송화 꽃씨보다 작고 작은 글자들이 무료한 얼굴로 쉴 새 없이 비친다. 한 시절이 가서 다시 오지 않았다.

갈현동 470-1 골목

어둠을 이해하는 건 불빛이다. 그래서 밤새 빛으로 남을
수 있는 거다. 저녁 불빛을 보면 안다. 어떤 사랑도 저보다
아름다운 스밈일 수는 없다. 받아들이면서 비로소 밝아지
는 이유들. 불빛이 말하는 것이 그것이다. 그걸 굳이 화해
라고, 용서라고 표현할 일이 아니다. 빛 속에서 어둠이 만져
지거나, 어둠 속에서 빛이 만져지는 건 다 그런 이유이다.
늙은 불빛 한 점 물처럼 오랜 물길을 흘러 집의 지붕을 적
시고 사람의 집은 이제 물방울 같은 불빛 하나하나로 도랑
을 이루며 흘러간다. 서둘러 불을 켜는 사람을 보면 눈물 나
게 고맙다.

갈현동 470-1번지 세인주택 앞

아리랑 슈퍼 알전구가 켜질 무렵 저녁이 흰 몸을 끌고 와 평상에 앉는다. 그 옆으로 운동화를 구겨 신고 사과 궤짝 의자에 앉아 오락 하는 아이의 얼굴이 불빛으로 파랗다. 저녁은 가만히 아이 얼굴을 바라보다, 작은 어깨 위로 슬며시 퍼져간다. 가로등이 켜지자 화들짝 놀란 저녁이 또 가만히 웃는 동안에도 아이의 얼굴은 파랗게 질렸다가 빨갛게 익었다가 다시 하얗게 질렸다. 갑자기 세상은 저녁 아닌 것이 없는 저녁이 되었고, 골목 끝은 해 지고 난 후의 들녘처럼 따뜻하다. 골목길을 따라 불이 켜진다. 낮에 보았던 살구나무에 달린 살구들처럼 노랗게 불 켜진 골목을 따라 집들도 불을 켜는 동안 나는 집 앞에 앉아 수학학원 간 딸애를 기다린다. 불빛은 얼마나 따뜻한가, 그림자를 보면 알 수 있지. 감추고 싶은 것 다 감추고, 아니, 더는 감출 수 없는 몸을 보여준다는 것은. 나는 때로 그렇게 따뜻한 불빛에 잠겨 한 마리 물고기가 된다. 우리 집에도 불이 켜졌다. 딸아이가 불빛을 따라 헤엄쳐 올 것이다.

불빛에 쓴다

저 집의 불빛이 창문에 맨얼굴을 대고 아까부터 내게 뭐라뭐라 한다. 골목길에 대고 자꾸만 뭐라뭐라 쓴다. 골목 끝에서 불량한 복장을 한 고양이들이 담배를 피워 물고, 퉤퉤침을 뱉으며 아까부터 내게 뭐라뭐라 한다. 내 몸은 글자처럼 불빛 위에 ㄱ ㄴ ㄷ 쓰러진다. 글자마다 벼랑이고 문장마다 벼랑이다. 벼랑 사이에서 끼여 온몸이 가볍게 해체된다. 그림자가 지워졌고, 나는 불빛 속에서 떠다니는 글자 퍼즐이다. 따뜻하고 작은 연못 같은 집이 그립다. 나는 연못에 둥둥 떠서 늦은 저녁에 도착한 불빛의 편지를 읽을 것이다. 이제 그만 물속에 잠겨 사랑하고 싶다는 열렬하고 아픈 편지를 받을 것이다. 붉은 시럽처럼 젖은 입술과 허방 같은 세월이 낯익은 세간처럼 자라는 집에는 온통 불빛의 편지로 쌓여갈 것이다. 이를테면 저 불빛 속에 나의 거처를 마련하는 것이다.

저녁 불빛을 따라 걷다

누구의 집인지 모르지만
불 켜진 창문 속으로 손가락을 집어넣었다.
손가락 끝이 물에 닿았다.
둥근 밥상이 물컹거린다.
가만히 손을 꺼내어본다.
손이 붉다.

한낮의 햇살은 상냥하지 않았다. 쓸쓸한 시간의 등을 벌
레처럼 오래
기어가는 동안 그리움은 제 몸에 칼을 꽂은 채 울었다.
나는 자꾸만 눈이 가려웠고
속눈썹은 바람에 지워져갔다.
집으로 돌아가는 길
막다른 골목 검은 창 속으로 혓바닥을 밀어넣으면
혓바닥이 공중전화기의 동전처럼 뚝 떨어졌다.

길 끝에도 집은 없었다. 말라 죽은 고양이 같은 달빛이 전
봇대 아래
버려져 있다.

코뮌

　왼쪽 서랍을 열어 마음을 잘 개켜 넣고 마음도 없이 몸이 깜깜해질 때쯤 오른쪽 서랍을 열어 두 다리를 잘 접어두고 (오늘 나는 지구 끝까지 걸어갈 여행자 차림이었다), 나머지는 그냥 대충 침대에 던져두면 될 일. 북쪽으로 막힌 창문과 오늘은 여행 가기 좋은 창문 하나를 사이에 두고 소풍 가는 별들 나란히 흘러 손가락 몇 개만으로 서 있는 시간이 그렇게 흐르는 일은 일상적인 일. 창 너머로 흰 뼈들 떠내려가는 것을 가만히 바라보면 비로소 고마워라고 말해보는 일. 처음 듣는 노래를 창틀에 걸어두고, 그러니까 오늘 내가 걸어온 이 거리가 나의 생활이란 말이지. 그 생활의 끝으로 가서 서보면 왜소한 영혼, 오래 몸에 묶여 축축 늘어지는 수양버들이나 되려나 싶은 마음. 그러나 다시는 돌아오지 않을 밤들을 기록해야 하지. 오늘 걷지 않았던 골목들에 대하여, 우주를 지나온 햇살이 내 살에서 뭉그러질 때의 삐끗한 이야기들도. 별들이 익어가는 서랍 속은 부드럽고 따뜻할까?

빗방울에 대고 할 말이 없습니다

상처 많은 사람처럼 자꾸만 부딪혀온다. 아무것도 담지 못한 생처럼 자꾸만 그렇게 부딪혀 온다. 세상은 그렇게 완강했다고 한없이 밀리는 나를 또 밀어댄다. 연두의 기억도 새들의 눈웃음도 맨드라미의 옆얼굴도 무엇 하나 적시지 못했는데 빈방들이 자꾸만 비명처럼 머리를 부딪혀오는 것이다. 그 어떤 것도 지상에 닿는 무게가 되기까지 살아냈어야 할 생이 있는 것이고, 당신의 얼굴에 내리는 빗방울은 모두 당신의 이야기, 당신이 처형한 사람들의 이야기, 더 할 말도 없으면서 자꾸만 나를 붙드는 마음 같아서 유리창에 대고 마구마구 편지를 쓰네. 불빛 두어 개 붙이면 누군가의 안부처럼 쓸쓸해질 테지. 나는 자꾸만 내 얼굴을 내어준다. 그것은 허공에 대한 이야기, 이젠 허공이 된 이야기, 앞으로 허공이 될 이야기. 그러므로 저 빗방울 속에 불을 켜두고 싶은 마음. 그 사이를 비틀 만한 것도 화해랄 것도 없었다. 낯섦만 깊어져 사이로 사이만 자란다고 어떤 힘만이 사이에서 갇혀 울기도 하였는데, 아주 먼 별의 뒷덜미를 볼 수 있다면 이 진부함이 좀 용서될까. 눈코입도 없는 얼굴을 씻다가 나는 무엇으로 울어야 하나.

발바닥에 관하여, 내가 모르고 있는

날마다 몇 채의 사원을 짓고 허물며 살았다고 비가 내린다. 아직도 물속에 알을 낳는 오랜 습관처럼 세상에 발바닥이란 말보다 아픈 말을 나는 알지 못한다. 세상의 모든 풍경들이 참회의 마음으로 비를 맞는 동안 아킬레스건을 지나 발바닥 멀리 끝으로 다섯 개의 행성이 고요하다. 일요일도 없는 세상, 꽃 피지 않는 사계절을 스물네 시간씩 걷는 일, 살이 아파오는 오르가슴을 나는 사랑하기로 했다. 나를 깨우는 것은 아무것도 없지. 가끔 당신의 몸속에서 잠드는 꿈, 코를 맞대고 문질러오는 당신의 밤이 가장 정직한 울음이었다는 걸. 내가 당신의 몸 위를 걸어가도록 서로의 입속에서 손가락을 꺼내주었듯이, 얼룩은 무늬가 되어 나는 몸에 잔뜩 얼룩을 묻힌 채 뛰어갔다. 초식의 세계를 지나 지구의 심장 소리가 들리는 곳까지 고요하게 무너졌다. 멈출 수 없음으로 목매다는 일이 어려웠다고 늦은 고백을 하는 너를 나는 죽도록 사랑한다.

밤의 고양이 몰리의 퀼트

그림도 없이 잔뜩 더러워진 밤이 있는 황홀한 밤의 퀼트에는 불 꺼진 집과 불 켜진 집이 서로를 꽉 물고 있다. 고양이 발을 따라 은하수가 흘렀다. 물론 나 따위는 처음부터 없었다. 어제는 이미 늙었고 오늘은 오늘의 이마만 반짝거렸으므로 밤은 언제나 한쪽이 뜯겨진 채 존재한다. 뜯겨진 곳에서는 언제나 깊고 오래된 물음이 생겨났다. 새로 옮겨온 우주 같았다. 밤의 무늬를 따라 고양이 길이 생긴다. 고양이 발이 밤의 바깥에서 밤을 걷다가 밤을 공처럼 굴렸다. 둥근 공이 물고기처럼 골목을 헤엄쳐 간다. 골목이 일렁거리다 지느러미 끝에서 지워졌다. 물 같은 어둠이 비린내처럼 퍼지면서 떠다니던 모든 것들이 가라앉았다. 생각하지 않아도 밤은 깊어갔다. 별들이 획획 지나갔다, 천국도 획획 지나갔다. 썩은 발가락을 잘라주었다. 세계는 완성되는 순간 거짓말이 된다. 거짓말처럼 밤의 퀼트는 완성된다.

4부

막막함이 물밀듯이

이 막막함이 달콤해지도록 나는 얼마나 물고 빨았는지 모른다. 헛된 예언이 쏟아지도록 나의 혀는 허공의 입술을 밤새도록 핥아댔다. 막막함이여 부디 멈추지 말고 나의 끝까지 오시길, 나의 온몸이 막막함으로 가득 채워져 투명해질 때까지 오고 또 오시길 나 간절히 원했다. 나는 이미 꺾이고 꺾였으니 물밀듯이 내 안으로 들어오시길. 그리하여 내게 남은 것은 나뿐이라는 것도 어쩌면 이미 낡아버린 루머일지 모른다는 사실을 깊이 깊이 내 몸속에 새겨주시길. 내 피가 아직도 붉은지 열어보았던 날 뭉클뭉클 날 버린 마음들을 비로소 떠나보냈듯이 치욕을 담배 피우며 마음도 버리고 돌아선 길이 죽고 싶다는 말처럼 깊어지도록 밀려오시길. 막막함으로 밥 먹고 사는 날까지.

쫌 쫌 쫌

　지루해 지루해 죽을 것 같다고 오후 두 시의 태양이 갑자기 떠나버렸다. 나는 아직 권총을 구하지 못했고, 권총 구입이라는 네이버 검색어에서 묻혀 온 바이러스는 온몸에 물집을 만들더니 풍선처럼 가벼워져서 펑펑 터졌다. 두 시가 없어도 그랬다. 쫌 제발, 잘못 살아서 미안하다는 말 따위 하지 마. 지겨워. 저 나무와 망할 꽃 이야기도 이제 쫌 쫌 쫌. 지겨우면 다 떠나는 거야.

　평화는 평화롭지 않잖아. 벼랑이 없는 평화 속에서는 맨드라미도 피지 않는다는 거 알잖아. 누군가 평화로웠다면 그것은 불안했기 때문이야. 평화는 곧 끝장날 때만 평화로운 거잖아. 내 몸에 새겨진 당신을 오려내면 당신보다 많은 내가 잘려나가 두 시의 태양이 없이도 저녁은 오지. 태양을 물고 사라진 계절에 대해, 당신이 적선하듯 던져주었던 오후 두 시의 태양에 대해, 이름을 잊은 퍼즐 조각.

　나는 영원히 맞춰지지 않는 그림자의 저녁.

마음 비워진 집이 담벼락에 기대어 울고 있습니다

맨드라미가 죽었습니다

참으로 선량했습니다

나는 가만히 서 있었으며

목매달 구름조차 없이 하늘은 맑았습니다

죽음에게 빚졌습니다

마음을 만드는 게 아니었음을

빈방은 내 얼굴을 덮고

강낭콩을 키우듯

창문을 닫았네

오랫동안 나는
웅크린 채
몸 밖으로 나온 피를
자꾸만 몸 안으로 밀어넣으며
내 몸을 살다 간 그리움
이와 같은가 중얼거리네

여긴 너무 낮아
뛰어내릴 곳 없으니
공중에 나를 걸어두고
첫눈처럼 내리고 싶은 거라고
발목은 이미 어둠처럼 물들어가네

상처라는 말

1.
살고 싶어서
가만히 울어본 사람은 안다
목을 꺾으며
흔적 없이 사라진 바람의 행로
그렇게 바람이 혼잣말로 불어오던 이유
이쯤에서 그만
죽고 싶어 환장했던 나에게
끝없이 수신인 없는 편지를 쓰게 하는 이유

상처의 몸속에서는 날마다
내 몸에서 풀려난 괴로움처럼 눈이 내리고
꽃 따위로는 피지 않을
검고 단단한 세월이 바위처럼 굳어
살아가고 있지

2.
손목
그어도 돼
여윈 손목 골짜기마다
아스라이 꽃 피우도록
끝없이 거절하는 일
죽을 만큼 분노하는 일

그리하여 용서를 구하는 일

　낡은 사진에 오래 입 맞추는 밤이 다 지나려면 아직 멀었다는 말

절벽 가는 길

며칠치의 말들이 입속에서 저물고
또 저물어
검고도 흰 괴로움의 집을
짓고 부수는 동안
나는 잠들지 못했다
잠들거나 죽은 것들 사이에서
허공에 발 딛는 순간
붉은 꽃으로 피어
나 그만 항복하고 싶었다고
더는 누구도 나를 아프게 하지 못하도록
수시로 뒷덜미에 칼을 들이대는 치욕이
나를 데리고 먼 길 가시라고
검은 입술을 부딪혀오는
들짐승 같은 바람의 털을 쓰다듬었다
난 아주 많이 외로웠다고
선량했던 사람들의 이름을 부르며
평창동 고개 넘어
절벽 가는 길
가벼운 산책처럼
불 꺼진 버스가 절벽 끝으로 사라졌다
벽이 어딘가로 갈 수 있는 문이었으므로
절벽 또한 그러하다고 믿기 시작한 것은
다정하게 찾아드는 저녁이 없었기 때문이다

이쯤이면 어떤가
일렁이는 불빛을 가슴에 심장처럼 달고
새처럼 바람처럼
한끝에서 한끝으로 옮겨가는 일
어찌 이리 쓸쓸한가

꽃이 지거나 지지 않거나

꽃이 지는 천변을 걸으며
어찌도 이리 다정하게
내 몸에 잠겨드는지
나는 애초 그것이 내 것인 줄 알았네
지는 것들을 보며
끈적이는 핏물이 꼬득꼬득 말라비틀어지도록
이처럼 황홀했던 저녁
내겐 없었다고 말해주었네

불 켜진 집들 사이에서
불 꺼진 집이 오랜 궁리에 빠져드는 동안
나는 그만
따라가고 싶었지
지는 것들의 뒤꿈치에 저리 아름다운 한가로움

내 것이 아닌 것들로 행복해지는 저녁
누구도 나를 기억하지 않는다고
가로등 불빛이 말해주지 않아도
내게 구역질하지 않는 것들만으로도 얼마나 선한가
선한 것들에게는 뭐든 주고 싶어
이제 나는 무엇을 더 내놓을 것인가 생각하는데

꽃이 지거나 지지 않거나

너는 가고
나는 남는구나

나는 남지 말아야 했다

오, 행복하여라

　외로움은 나의 밥, 찬 없이도 먹을 나의 끼니. 내 소망은 세끼 밥과 야식까지 골고루 야무지게 잘 챙겨 먹는 것. 외로움으로 살찌는 일. 그리하여 외로움 하나만으로 나 풍성해지는 거짓말 같은 생. 나 이제 외로움의 식구를 얻었으니 함께 먹고 또 먹어 배 터져 죽고 싶다. 버석거리던 날들이 외로움의 독을 입어 이리 촉촉하니 축복받음 아닌가. 날마다 독이 퍼져 이 저녁의 숨소리 그윽하구나. 외로움이 서 있는 그 자리. 거긴 원래 미루나무가 오래 서 있던 자리, 딸아이 날마다 학교 가던 길. 지치고 아플 때 하염없이 집을 바라보던 길. 오늘도 집 나간 마음은 기별 없으니 기다림으로 접혀진 마음자리는 쉽게 찢어지고, 마음 없이도 몸은 자주 아프고, 마음 없이 병든 몸은 가난한 세간 옆에서 쓰러져 잠들고, 그리운 것도 없이 살 수 있다니, 오 놀라워라 거짓말 같은 나의 생이여.

비를 맞는 저녁

　당신의 살냄새 같은 앵두꽃을 데려가는 바람의 뒤에 서
서 나는 비가 오길 기다린다. 한때 그것은 내 몸을 살다 간
구름의 입자들. 불의 이마를 닮은 짐승처럼 바람이 불어 간
방향으로 떠나갈 것들. 빗방울이 맨살에 떨어진다. 스미듯
집의 불빛이 꺼졌다. 앵두꽃이 진 자리마다 물고기들이 꼬
리를 감추며 나무 속으로 사라졌다. 허기가 들끓는 지상에
서 상처 난 짐승들이 제 눈을 파내려는 듯 자주 울었고, 핏
물이 배어나오는 그리움으로 버텼다는 기별. 다시 앵두꽃은
피겠지. 바람이 솜털을 부드럽게 누이며 말했다. 몸속에 새
겨넣은 지도 한 장이 낡아가는 저녁 당신은 피 묻은 바닥을
닦아내며 물처럼 그렁거렸지. 항상 구석의 풍경이었던 시간
들이 모래알처럼 흩어지며 구석을 지워낼 때 바람의 지워
진 문장을 읽어주던 당신. 그 문장 속에서 꽃들의 한생이 다
시 시작되고 내 몸이 기억하는 빗방울의 무늬 속으로 걸어
가는 저녁이었다.

하루살이

살기로 작정한 순간 닫혀버린 입은 물속에서 너무 오래 숨죽이며 살았던 기억의 흔적. 나는 그것을 기록하려 한다. 죽음은 그저 풍문이었을 뿐, 당신의 입속으로 들어가 백 년의 동굴 속을 날아가 다시 물속 무덤으로 돌아가기까지 백합은 몇 번이나 피고 졌을까. 날마다 지겹도록 해가 떠서 하는 일이란 마른 나뭇가지를 분지르며 다시 지는 일. 어둠이 개미지옥의 집처럼 열리고 피 냄새를 풍기는 사냥꾼의 입술이 언제나 어둠 속에서 반짝거리지. 거미의 잠을 깨우는 죽음에게 묻는다. 날개를 버리지 않기 위해 늑대 발톱을 물어뜯으며 살았다지. 집으로 가는 길을 잃고 살찐 물고기의 살속에서도 비늘처럼 커가는 불안을 속울음으로 삼키며 손톱과 이별하지. 삶의 온도는 36.5도, 죽음의 온도도 거기서부터 시작된다.

다시 비를 맞는 저녁

먼지 속에서 빗방울이 뭉쳐지고 있을 때 떨어진 꽃잎이 어디로 갔는지 알 수 없었으므로 떨어진 꽃잎은 불 꺼진 집이 아닐까 생각했다. 대륙을 건너온 구름의 입자들은 입이 무겁다. 빗방울을 오래 문지르면 말없이 말라갔다. 꽃물을 버리고 말라가는 꽃잎 같은 고비사막을 걸었던 낙타의 털 끄트머리거나 마른 꽃잎의 부서진 몸, 파리 눈과 거미 다리, 당신의 날개 부스러기들도 그러하다. 지구가 별을 가만히 끌어당기고 있다. 돌을 던지면 공중에서 먼지가 되던 날도 오늘은 아프지 않다. 아프지 않다고 물방울이 얼굴에 부딪혀온다. 골목으로 물고기들이 꽃잎처럼 헤엄쳐 갔다.

지겨워…… 살고 싶다는 말은

구름이 될 거야

버려진

배처럼

잔 물살에도

오래오래 떠밀리다

저 공중에서

가만히

손 놓아버리고

나를

배웅할 거야

라디오 소리는 흘러 어디로 가나

　나를 기다린 것은 다친 것들의 발목을 적시는 아주 딱딱한 어둠. 안녕이라고 말하던 녹슨 얼굴처럼 씻어낼 수 없는 기억. 천변의 물은 아주 천천히 흘렀고 나의 걸음은 그보다 한참 더 느렸으며, 라디오에서 흘러나오는 노랫소리는 그 사이를 머뭇거렸다. 흘러간 가요가 흘러나오는 방에서 나는 종일 아팠다. 내 발목의 복숭아뼈를 살살 분지르며 시간이 흘러가는 것을 바라보는 일이 계속되었다.

　집으로 가는 길은 언제나 맨드라미 붉은 이마에서 끊겼다. 나는 매일 맨드라미 앞에서 좌절했으며 술을 마시고 울다가 잠들었다. 더는 갈 수 없는 길이 도처에 가득했고 버려진 식탁이 골목에 다친 발을 디디고 담벼락을 마주 보고 있는 동안 허기와 나란히 앉아 밥 먹는 날이 계속되었다. 맨드라미 붉은 꽃은 나 없이도 씨앗으로 익어가고 맨드라미 불켜진 창문은 나 없이도 따뜻하고 환하였으므로 나는 암전되었다. 세상 모든 절망이 라디오 소리처럼 느리게 흘러간다.

내 마음의 수몰지구

더이상 자라지 않는 그늘이 있다.

물빛인지 불빛인지 도무지 가늠할 수 없는 시간이 고여 있는, 아무것도 떠오르지 않는 어둡고 차가운 한가운데.

청주 중앙공원 잡목숲 뒤에 남겨진 내 열여덟 살의 쪽방 속으로 집 나온 계집애가 들락거렸다. 그 계집애 아직도 거기서 폐화수정을 하고 있는 걸까? 꽃 필 때처럼 흐린 불빛이 자꾸만 내 목덜미를 휘감는다.

문화예술원 희미한 담장 너머로 새벽이 오는 동안 청주를 떠났었다. 거기서 멈춰진 기억의 끝이 스무 해도 더

지난 지금 그 쪽방에서 떠오르는 희미한 불빛으로 나를 맞는다. 그 불빛 생각난다. 길고양이처럼 느린 듯 아슬아슬하게 달아나지도 않고, 다가서지도 않은 채 꼿꼿하게 서서 바라보던.

물속은 검다. 물속에 잠긴 골목도 검다.

여전히 아무것도 떠오르지 않았으며, 끝내 떠오르지 않을 그 저녁 속에서

검은 은행나무 물결에 그림자처럼 흔들리고

혼자서 오랫동안 집을 지었을 쪽방 속 계집애는 하염없이 불을 켠다.

낮술

패랭이 꽃잎 속으로 조그만 철대문이 열렸다. 하굣길 딸내미인가 싶어 슬그머니 들여다보는데, 바람이 등을 툭 치고 간다. 꽃이 파란 철대문을 소리 내어 닫는다. 등이 서늘하다.

빌딩 사이에 누가 낡은 자전거 한 대를 소처럼 나무에 붙들어 매놓았다. 그늘 아래 묵묵히 서 있는 자전거가 날 보고 웃는다. 어쩌자는 것이냐 말도 못 하고 나도 웃는다.

햇볕이 비스듬히 떨어진다.
그래도 살아보겠다고.
직립보행.

아름다운 상실의 노래

이경수(문학평론가)

1

　이승희의 이번 시집은 뼛속까지 쓸쓸하다. 쓸쓸함은 낡아
서 쓸모없어지거나 버려진 존재로부터 비어져 나오는 것이
기도 하고 소중한 무언가를 잃어버려 바닥난 존재의 상실감
에서 스며 나오는 것이기도 하다. 그의 이번 시집을 읽는 내
내 쓸쓸한 바람이 불고 추적추적 비가 내렸다. 따뜻한 불빛
과 붉은 꽃들에 대해 노래할 때조차도 어디선가 쓸쓸하고
우울한 바람이 불어왔다. 이승희의 두번째 시집을 읽는 일
은 그렇게 우리가 언젠지도 모르게 잃어버린 시간들과 쓸쓸
히 대면하게 한다. 그것은 마치 거울을 보다 문득 마주하게
된 눈가의 주름이나 기미처럼, 책갈피에서 우연히 발견한 번
진 글씨 자국처럼 낯설고 우울하고 쓸쓸하다. 깊은 상실감
과 우울감에 빠져들게 한다는 점에서, 그리고 상실과 우울
의 시간을 지나 마침내 잃어버린 것들에게 안녕을 고하고 그
것을 애도할 시간을 갖게 한다는 점에서 이승희의 이번 시집
은 아직 살아 있는 내가 이미 죽은 내게 건네는 애도의 노래
로 읽을 수 있다. 그의 시에서 삶과 죽음은 그렇게 손을 잡
고 하나가 된다.
　이승희의 첫 시집 『저녁을 굶은 달을 보았다』는 따뜻하면
서도 단단한 온기와 결기를 지니고 있었다. 둥긂을 노래하
면서도 둥글어지기까지의 사연과 내력을 읽을 줄 아는 밝은
눈을 지니고 있었다. 움켜쥔 돌멩이를 통해 그의 첫 시집에

새겨진 단단한 서정은 이번 시집에서 좀 다른 형식으로 변형되어 지속된다. 이승희의 두번째 시집을 감싸는 것은 '늙음'과 '죽음'에 대한 사유이지만, 그 이면을 들여다보면 늙음과 죽음에 대한 편견에 맞서 늙음과 죽음을 지지하거나 옹호하는 태도를 발견할 수 있다. 그렇다고 이것을 쇠락함에 대한 옹호로 읽어서는 곤란하다. 그의 시는 죽음과 삶을 이분법으로 가르고 죽음보다는 삶에 가치 우위를 두는 태도에 대해 반박한다.

햇살이 가만히 죽은 나무의 머리를 쓰다듬는 동안 나는 죽은 내 얼굴을 만져볼 수 없다는 것이 믿겨지지 않았다. 젖을 물리듯 햇살은 죽은 나무의 둘레를 오래도록 짚어보고, 고스란히 드러난 나무의 뿌리는 칭얼대듯 삐죽 나와 있는 오후. 어떤 열렬한 마음도 이 세상에서만 가능하다는 것은 거짓말이다. 내가 싸워야 한다면 그 때문. 내가 누군가와 섹스를 한다면 그 때문. 거짓말처럼 내 몸을 지나간 칼자국을 기억하기 때문이 아니다. 우글거리는 상처 따위가 아니다. 맨드라미는 지금도 어디선가 제 키를 키우고 있기 때문이다. 죽은 나를 두고 살아 있는 내가 입을 꾹 다물고 먼지처럼 그릇 위에 쌓여가는 일은 그러므로 아주 서러운 일은 아니다. 이젠 벼랑도 아프지 않다고 생각에 잠긴 귀를 흔들어보는 일. 입을 벌리면 피가 간지러운 듯 검은 웃음이 햇살 속으로 속속들이 박혀드는 날. 집이 사라지면 골목은 어디로 뛰어내려야 하나.

─「맨드라미는 지금도」 전문

'나'의 절망감은 어디서 오는가? 햇살이 죽은 나무의 머리를 쓰다듬는 따뜻한 위로의 시간에 '나'는 문득 죽은 자신의 얼굴을 만져볼 수 없다는 사실을 깨닫는다. 그 사실을 '나'는 믿기 힘들어한다. '죽은 내 얼굴'은 망각 속에 잠긴 나를 가리킬 텐데, 그렇다면 '죽은 나를 두고 살아 있는 나'는 망각 속에 무언가를 묻어둔 채 살아가는, 무언가를 상실한 나라고 볼 수 있다. 이번 시집의 맨 처음에 수록된 시에 등장하는 '무언가를 상실한 나'는 시집 전체를 지배하는 시적 주체이다.

"죽은 나를 두고 살아 있는", 그렇지만 사실상 죽어가고 있는 '나'는 그럼에도 불구하고 아직 싸울 이유, 섹스를 할 이유를 찾는다. 싸움과 섹스는 꿈틀대며 살아 있음을 증명하는 행위의 표상일 텐데, 그 이유를 시적 주체는 "어떤 열렬한 마음도 이 세상에서만 가능하다는 것은 거짓말"이라는 데서 찾는다. 그는 '이 세상'의 가치 우위에 대한 폭력적 믿음에 맞서 싸우고자 한다. 그것은 삶과 죽음을 이분법으로 나누고 특정 가치에 우월한 의미를 부여하는 태도에 대한 저항이자, 죽음을 망각의 시간에서 건져 올려 죽음과 늙음에 새로운 가치를 부여하는 행위이다. 그는 삶에 대해서도 죽음에 대해서도 말랑말랑하거나 호락호락하지 않으려

088

한다. 죽음, 혹은 늙어가는 것에서 꿈틀대는 생명의 가능성
을 빼앗아 쉽게 타협하거나 주저앉는 태도를 그는 거부한
다. 이번 시집에서 시적 주체는 늙어감, 또는 죽음에 대한
지지와 옹호를 종종 내비치는데, 이는 궁극적으로 죽음과
삶을 갈라 삶에는 젊음 및 생명의 가치를, 죽음에는 늙음 및
쇠락의 가치를 부여하는 태도에 대한 거부라고 볼 수 있다.
그에 따르면, 이 세상이 아닌 곳에서도 '열렬한 마음'은 가
능하다. "맨드라미는 지금도 어디선가 제 키를 키우고 있기
때문이다." 눈에 보이지 않아도, 망각 속에서 잊혀져가도,
제 키를 키우는 치열한 생명의 활동이 지속되고 있음을 잊
지 말라고 그의 시는 말한다.

　내 몸 어딘가에 산기슭처럼 무너진 집 한 채 있다면 그
옆에 죽은 듯 늙어가는 나무 한 그루 있겠다. 내 몸 어딘
가에 벼랑이 있어 나 자꾸만 뛰어내리고 싶어질 때, 밭고
랑 같은 손가락을 잘라 어디에 심어둬야 하는지 모를 때,
늙은 나무 그늘에서 잠들고 싶어. 죽을힘을 다해 꽃을 피
우는 일은 못된 짓이다. 죽을힘은 오직 죽는 일에만 온전
히 쓰여져야 한다. 당신도 모르게 하찮아지자고, 할 수만
있다면 방바닥을 구르는 어제의 머리카락으로, 구석으로
만 살금살금 다니면서 먼지처럼 쓸데없어지자고. 한없이
불량해지는 마음도 아이쿠 무거워라 내려놓고, 내 몸 어
디든 바람처럼 다녀가시라고, 당신이 나를 절반만 안아주

어도 그 절반의 그늘로 나 늙어가면 되는 거라고.

그러면 나 살 수 있을까?

내 몸 어딘가에 나 살고 있기나 한 걸까?
—「제목을 입력하세요」 전문

이 시는 죽음이나 늙어가는 몸에 대한 시적 주체의 옹호가 어디서 오는 것인지 짐작하게 해준다. 이 시의 화자는 죽을 힘을 다해 꽃을 피우는 일에 몰두하지 말고, 무거운 것, 불량해지는 마음, 벼랑 같은 삶을 내려놓자고 스스로를 다독인다. 이렇듯 "방바닥을 구르는 어제의 머리카락" '구석' '먼지'처럼 하찮고 쓸데없는 것들의 가치를 돌아보는 마음에 이르기까지 화자는 어떤 시간을 건너온 것일까? "죽을힘을 다해 꽃을 피우는 일은 못된 짓이다"라는 단호한 어조에서 느껴지는 것은 깊은 피로감이다. 죽음 가까이에 가서도 오로지 삶을 향해서 움직이는 몸, 삶이 중심이 되는 몸에서 그는 벗어나고자 한다. "죽을힘은 오직 죽는 일에만 온전히 쓰여져야 한다"는 전언은 그런 깨달음에서 온 것으로 보인다.
　단호한 선언과 다독임 뒤에 오는 "그러면 나 살 수 있을까?"라는 질문은 그만큼 마음을 내려놓기 전의 그와 그의 삶이 무겁고 힘겨웠음을 암시한다. 연 구분으로 생긴 여백도 그렇게 힘들게 건너온 시적 화자의 지난 시간을 가리킨

090

다. "내 몸 어딘가에 나 살고 있기나 한 걸까?"라고 자신의 실재함을 회의하는 목소리에는 그가 지나온 시절의 고충이 절박하게 실려 있다.

2

그의 이번 시집에서는 맨드라미와 토마토로 상징되는 붉은 식물성의 이미지가 가장 두드러진다. 하고많은 식물 중에 왜 하필 맨드라미와 토마토일까? 맨드라미와 토마토는 둘 다 붉은색을 띠고 있으며, 일반적으로 꽃과 과일이 지니고 있는 아름다움과는 다소 거리가 멀다. 맨드라미는 닭 볏 모양의 붉은 꽃이 7~8월에 피어나는 꽃으로 2, 30년 전만 해도 관상용으로 전국 각지에서 흔히 볼 수 있었으나, 최근 들어서는 보기 드물어졌다. 꽃이라고 하기에는 그리 아름다운 외양을 지니고 있지 않은 점 때문에 다른 관상용 꽃으로 대체된 것이 아닌가 싶다. 맨드라미는 그런 점에서 도시화의 과정에서 변두리로 밀려난 사람들의 생태를 닮았다. 토마토 역시 가짓과의 한해살이풀에서 열리는 붉은 열매로 과실의 일종이지만 다른 과일처럼 달거나 신맛을 지니고 있지도 않고 향기가 강한 편도 아니다. 이승희의 시에 등장하는 맨드라미와 토마토는 붉은색을 띠고 있기는 하되, "어디선가 제 키를 키우고" 있는 잊힌 맨드라미이거나 '늙은 토마토'로 모습을 드러낸다.

상처로 물이 고인다.

가만히 들여다보면
물이 상처의 집을 짓고 있다.
그러므로 물을 들여다보는 일은 상처일까 위로일까 나는 종일 물을 들여다본다. 그러는 동안에도 종양은 자라고 생살은 돋지 않았다. 사는 일이란 게 처음부터 상처 나는 일이었다고 맨드라미가 빨갛게 피었다.

손끝으로 물을 가만히 누르면 지루한 바람이 불어왔다. 얼굴을 물속에 묻고 참으로 진부하게 길을 묻는다. 물이 지워진 입, 닫혀진 입의 흔적을 지우며 결 고운 입자로 흘러갔다. 상처가 까맣게 맨드라미 씨앗으로 익어갈 무렵.
—「맨드라미 피는 까닭은」 전문

맨드라미가 피는 까닭은 아프기 때문이다. 사는 일에서 비롯된 상처로 인해 맨드라미가 빨갛게 핀다. 화자는 상처로 물이 고여 생긴 상처의 집을 종일 들여다본다. 그렇게 자기 상처를 들여다보는 동안에도 "종양은 자라고 생살은 돋지 않"으며 상처는 깊어만 간다. 빨갛게 핀 맨드라미를 보며 화자는 "사는 일이란 게 처음부터 상처 나는 일"이었음을 문득 깨닫는다. 우툴두툴해 보이는 외양을 지닌 빨간 맨

드라미는 그야말로 거친 세파를 거쳐 온 삶을 표상한다. 까
만 씨앗과 거칠고 우툴두툴한 꽃의 몸체를 하고 있는 맨드
라미는 상처의 집이 지어지는 곳에서는 어디서든 피어난다.

　내가 버려진 상자가 되는 것은
　정말 순식간에 벌어진 일입니다
　아무도 날 데리러 오지 않아도
　장례식은 어디서든 시작되고 끝날 것입니다
　나의 삶이란 한 줄로도 충분해서
　누구든 나를 대신할 수 있습니다

　나는 맨드라미 정원에 살고 있습니다
—「맨드라미 정원」 부분

　화자가 살고 있다고 고백하는 맨드라미 정원은 "누구든
나를 대신할 수 있"는 하찮은 삶들이 모여 사는 곳이다. 그
곳에 있는 것이라곤 "아무도 살지 않는 집" "머리를 부딪
쳐 피 흘리는 날" 같은 결핍과 상처투성이의 것들이다. 그
곳에서 화자는 순식간에 "버려진 상자"가 된다. 자신의 삶
을 한 줄로도 충분하다고 말하며 그가 얼마나 상처 입을지,
얼마나 깊은 모멸감에 사로잡힐지 충분히 짐작이 가고도 남
는다. "누구든 나를 대신할 수 있"는 삶에서 자존감을 찾기
란 쉽지 않을 것이다. 그런 곳에 안온한 저녁이 찾아올 리

없다.

이승희의 이번 시집에서 맨드라미는 늙어도 쇠락하지 않는 삶의 근기와 생명력을 상징한다. 누구든 나를 대신할 수 있고 아무도 날 데리러 오지 않는 버림받은 누추한 인생일지라도 "제 키를 키우는 맨드라미처럼" 그렇게 살아가는 사람들이 가득한 곳, 그곳이 '맨드라미 정원'이다.

거짓말처럼 제목이 바뀌어버린 생에 대하여 알고 있다는 듯 고개를 돌린 채 늙는 일에 열중이신 늙은 토마토는 오늘도 두꺼운 책 한 권을 꺼내 읽는다. 늙는 일도 아직은 살아서 할 수 있는 일, 비명을 지르고 절벽을 뛰어내리던 날의 열렬함과 다르지 않다고. 버려진 담배꽁초를 주워 호호 불어 피우던 휘파람 같은 구름이 간다고 쉽게 쉽게 열리는 일. 세상이 붉게 충혈된 눈 속이었을 때 나 더 붉게 붉게 밀어올린 빨강의 이름을 조금씩 잊는 일. 그러나 지금은 늙어가는 일에 온 마음을 다해야 할 때, 세상 밖으로 자꾸만 몸이 기울어도 당신의 이름을 웅크려 쥐고 이건 다 내가 스스로 원했던 거라고 말할 수 있기를. 입속에서 뜨고 지는 하루를 조용히 우물거리며 물고기처럼 동그랗게 눈 뜨는 일은 당신에게 동의하는 마음 같은 거. 조금씩 어두워지는 저녁 오늘의 죽음이 내일을 열어주지 않을지도 모른다는 이 즐거운 불안에 대하여.
—「늙은 토마토는 고요하기도 하지」 전문

이승희의 시가 관심을 가지는 토마토는 '늙은 토마토'이다. 심지어 "늙는 일에 열중이신 늙은 토마토"이다. 저 늙은 토마토는 늙는 일도 젊은 날의 열렬함과 다르지 않다고 역설한다. 늙음과 젊음을 이분법으로 갈라 젊음에만 삶의 가치를 부여하는 태도에 대한 반박은 이번 시집에서 계속된다. 늙는 일도 "아직은 살아서 할 수 있는 일"이기 때문에 "지금은 늙어가는 일에 온 마음을 다해야 할 때"이다. 어쩌면 늙어간다는 것은 "오늘의 죽음이 내일을 열어주지 않을지도 모른다는" "즐거운 불안" 같은 것이 아니겠는가. 죽음 가까이에 있다고 해서 모든 생의 활동이 정지되는 것은 아니다. 수동적으로 죽음이 다가오기를 기다리기만 하는 것도 아니다. 화자는 죽음을 앞에 둔 불안을 '즐거운' 불안이라고 명명한다. 저 불안감이 어떻게 즐거움을 동반할 수 있을까? 삶을 대하는 화자의 태도가 역동적인 까닭에 그는 언제 죽음이 찾아올지 모른다는 불안감마저 즐길 줄 안다. 조금씩 어두워지는 저녁처럼 죽음 또한 그렇게 고요히 다가오는 것이 아니겠는가. 지레 겁먹거나 생이 다 끝난 것처럼 절망할 필요는 없다. 늙은 토마토도 아직 붉은 빛깔을 띠고 있으며 늙는 일에 열중하고 있다. 그것은 "비명을 지르고 절벽을 뛰어내리던" 젊은 날의 열렬함과 그다지 다르지 않다.

첫 시집에서 단초를 보인 식물성의 상상력이 이번 시집에서는 맨드라미, 토마토 같은 특정 식물의 이미지가 집중적으로 드러나는 방식으로 표출된다. 첫 시집에서 희망의 원리를 추동하는 구체적 힘으로서의 노동의 흔적을 씨앗이나 감자를 통해 드러냈다면, 이번 시집에서는 성과중심주의의 '피로사회'에서 소외된 가치인 늙음, 죽음, 망각 등에 새로운 가치와 생명력을 불어넣는 표상으로서 맨드라미와 토마토를 호출하고 있다. 시인은 "상처가 아물면 꽃이 핀다는 걸 알게 될 거"(「봉숭아 물들다」)라고 말한다. 꽃은 상처가 아문 자리에 피어나는 것으로, 붉은 생명의 상징이자 아름다움의 상징은 이렇게 상처를 극복한 자리에서 생겨나는 것임을 그는 잘 알고 있다.

3

늙음, 죽음, 망각 등 버림받고 잊혀가는 가치에 새로운 의미를 부여하고자 하는 이번 시집에서 지배적으로 등장하는 시간은 저녁이다. 해가 기울고 저물어가는 저녁이라는 시간은 인생의 시계에서 늙음, 죽음과 가까이 있는 시간이라고 할 수 있다. 이승희의 첫 시집에서 저녁은 "노동에 지친 고단한 몸을 쉬어갈 만한 따뜻한 밥과 가족과 아랫목이 있는 안온한 어머니 품과 같은 곳"이자 "밥과 쉴 곳을 제공해주는 그런 따뜻한 집에 대한 그리움을 더욱 사무치게 하는 결핍의 시간"(이경수, 「다시, 가난한 사랑 노래」)으로 그려졌다. 이번 시집에서도 저녁은 골목을 비추는 따뜻한 불빛을

동반한다. 이웃과 가족을 그리워하며 집으로 돌아오는 시
간, 저녁에도 삶은 계속된다.

　어둠을 이해하는 건 불빛이다. 그래서 밤새 빛으로 남을
수 있는 거다. 저녁 불빛을 보면 안다. 어떤 사랑도 저보다
아름다운 스밈일 수는 없다. 받아들이면서 비로소 밝아지
는 이유들. 불빛이 말하는 것이 그것이다. 그걸 굳이 화해
라고, 용서라고 표현할 일이 아니다. 빛 속에서 어둠이 만
져지거나, 어둠 속에서 빛이 만져지는 건 다 그런 이유이
다. 낡은 불빛 한 점 물처럼 오랜 물길을 흘러 집의 지붕
을 적시고 사람의 집은 이제 물방울 같은 불빛 하나하나
로 도랑을 이루며 흘러간다. 서둘러 불을 켜는 사람을 보
면 눈물 나게 고맙다.
―「갈현동 470-1 골목」 전문

　이승희의 이번 시집에서 종종 출현하는 갈현동 470-1번
지는 그의 시적 주체에게 특별한 의미를 지니는 생활의 공
간이다. 각박하고 팍팍한 삶에 지쳐가는 시적 주체에게 어
김없이 찾아드는 어둠을 이해하는 건 바로 저 불빛이다. 험
난한 하루를 보낸 이들에게도 저녁이 오면 돌아갈 따뜻한
집이 있다는 것은 큰 위안이 될 것이다. 그렇게 그립고 따
뜻한 마음들이 모여서 저녁 불빛을 밝힌다. 그러므로 "어
떤 사랑도 저보다 아름다운 스밈일 수는 없다"고 시인은 고

백한다. 어둠을 이해하고 받아들임으로써 비로소 밝아지는 저녁 불빛. 어둠이 깊어갈수록 불빛 또한 밝아진다. 그야말로 "빛 속에서 어둠이 만져지"고 "어둠 속에서 빛이 만져지는" 것이다.

축 처진 어깨로 어두운 골목을 걸어본 적이 있는 이들은 알 것이다. 저녁 불빛이 얼마나 반갑고 따뜻한 위로가 될 수 있는지. "서둘러 불을 켜는 사람을 보면 눈물 나게 고맙다"는 시인의 쑥스러운 고백은 어두운 시간을 오래 걸어본 경험, 그로 인해 자연스럽게 체득하게 된 어둠에 대한 이해로부터 온 것이다.

아리랑 슈퍼 알전구가 켜질 무렵 저녁이 흰 몸을 끌고 와 평상에 앉는다. 그 옆으로 운동화를 구겨 신고 사과 궤짝 의자에 앉아 오락 하는 아이의 얼굴이 불빛으로 파랗다. 저녁은 가만히 아이 얼굴을 바라보다, 작은 어깨 위로 슬며시 퍼져간다. 가로등이 켜지자 화들짝 놀란 저녁이 또 가만히 웃는 동안에도 아이의 얼굴은 파랗게 질렸다가 빨갛게 익었다가 다시 하얗게 질렸다. 갑자기 세상은 저녁 아닌 것이 없는 저녁이 되었고, 골목 끝은 해 지고 난 후의 들녘처럼 따뜻하다. 골목길을 따라 불이 켜진다. 낮에 보았던 살구나무에 달린 살구들처럼 노랗게 불 켜진 골목을 따라 집들도 불을 켜는 동안 나는 집 앞에 앉아 수학학원 간 초등학생 딸애를 기다린다. 불빛은 얼마나 따뜻한가, 그림자를 보면 알 수 있지. 감추고 싶은 것 다 감추고, 아니, 더는 감출 수 없는 몸을 보여준다는 것은. 나는 때로 그렇게 따뜻한 불빛에 잠겨 한 마리 물고기가 된다. 우리 집에도 불이 켜졌다. 딸아이가 불빛을 따라 헤엄쳐 올 것이다.

—「갈현동 470-1번지 세인주택 앞」 전문

골목이 많은 변두리 주택가의 저녁 풍경이 아름답게 그려진 시이다. 형광등 대신 알전구가 빛을 발하는 아리랑 슈퍼, 동네 사람들이 하나둘 모여 앉는 평상, 운동화를 구겨 신고 사과 궤짝 의자에 앉아 오락 하는 아이, 골목을 밝히는 가로등, 노랗게 불 켜진 골목이 어우러진 풍경은 "해 지고 난 후의 들녘처럼 따뜻하다."

불 켜진 골목의 저녁은 그리움의 시간이자 기다림의 시간이다. 일상에 지친 현대인들에게 따뜻한 휴식과 위안을 제공해주는 시간이자 "수학학원 간 초등학생 딸애를 기다"리는 시간이다. 집을 나가 노동의 시간을 보낸 이들에게 저녁의 불빛은 집으로 향하는 길을 안내해주는 역할을 한다. 모천으로 돌아오는 물고기들처럼 따뜻한 저녁 불빛이 있는 골목으로 헤엄쳐 오는 이들이 은평구 갈현동 470-1번지를 구성한다. "식은 국수 가락 같은 어깨를 툭툭 쳐보며 일어서려 하지만 쉽게 일어설 수 없었던" 사람들의 어둠과 아픔을 이해하고 "돌아서는 사람의 비틀거리는 어깨를 끝까지 잡아주던"(「연신내 약국 앞 포장마차에는」) 불빛이 시인이 그리는 저녁을 따뜻하게 밝힌다.

누군가 내게 주고 간 사는 게 그런 거지라는 놈을 잡아와 사지를 찢어 골목에 버렸다. 세상은 조용했고, 물론 나는 침착했다. 너무도 침착해서 누구도 내가 그런 짓을 했으리라고는 짐작도 못 할 것이다. 그후로도 나는 사는 게 그런 거지라는 놈을 보는 족족 잡아다 죽였다. 사는 게 그런 거지라고 말하는 이의 표정을 기억한다. 떠나는 기차 뒤로 우수수 남은 말들처럼, 바람 같은. 하지만 그런 알량한 위로의 말들에 속아주고 싶은 밤이 오면 나는 또 내 우울의 깊이를 가늠하지 못하고 골목을 걷는다. 버려진 말들은 여름 속으로 숨었거나 누군가의 가슴에서 다시 뭉게구름으로 피어오르고 있을지 모른다. 고양이도 개도 물어가지 않았던 말의 죽음은 가로등이 켜졌다 꺼졌다 할 때마다 살았다 죽었다 한다. 사는 게 그런 게 아니라고 누구도 말해주지 않는 밤. 난 내 우울을 펼쳐놓고 놀고 있다. 아주 나쁘지만 오직 나쁜 것만은 세상에 없다고 편지를 쓴다.
　　　　　　　　　　　　　　　　　　—「여름의 우울」 전문

이승희의 시에 자주 등장하는 저녁은 "알량한 위로"의 시간은 아니다. 그가 그리는 저녁은 깊은 우울의 시간을 견딤으로써 비로소 도달하게 된 시간으로, 체념과 절망의 시간과 타협하지 않는 치열한 정신이 살아 있는 시간이다.

"사는 게 그런 거지"라는 말은 체념의 말이다. 상황 개선이나 혁명 따위를 꿈꾸지 않을 때 우리는 대개 체념 어린 어조로 "사는 게 그런 거지"라는 말을 내뱉게 된다. 이 시의 화자가 "사는 게 그런 거지"라는 놈을 보는 족족 잡아다 죽이는 행위는 이러한 체념의 태도에 대한 분노이자 거부를 의미한다. 아무리 절망적인 상황에서도 무기력한 체념에 빠지지 않으려는 안간힘을 여기서 읽을 수 있다. 이승희의 시는 말랑말랑하거나 고분고분한 삶의 태도를 거부하고 한 가닥 희망마저 상실한 마지막 순간까지 삶과 맞장 뜨는 태도를 보여준다. 이러한 태도는 그의 첫 시집에서부터 지속되어오던 것이다. "길 끝에도 집은 없"(「저녁 불빛을 따라 걷다」)던 절망적인 시간을 지나오면서도 체념하지 않은 이승희의 시적 주체는 저녁 불빛과 비로소 만나게 된다. 그 속에는 하염없이 불을 켜며 "혼자서 오랫동안 집을 지었을 쪽방 속 계집애"와 "열여덟 살"의 시인이 "더이상 자라지 않는 그늘"(「내 마음의 수몰지구」)로 남아 있다.

4

이승희의 시는 깊은 우울과 쓸쓸함이 빚어내는 아름다운 상실의 노래이다. 소중한 무언가를 잃어본 적이 있는 경험, 어두운 쪽방에서 오랜 시간 외로움과 추위에 맞서 싸운 기

억을 가지고 있는 시적 주체가 잃어버린 것에 대한 그리움
과 쓸쓸한 상실감을 노래한다. 긴 외로움의 시간을 견디는
동안 시적 주체는 깊은 우울감에 빠지기도 하고 피로감에
젖기도 한다. 그는 "이젠 내 것이 아닌/ 한때의 꿈"(「그리운
귀신」)을 향해 안녕을 고한다. 그것은 잊혀진 나, 죽은 나를
향해 살아 있는 내가 건네는 작별의 인사이다.

    칼끝은 굳이 내 몸에 저의 생을 기록하고 싶어했다. 그
저녁의 바깥에서 내가 개처럼 나를 핥는 동안에도 날 버
린 마음들 환하게 불빛으로 켜지고, 마음 없는 몸은 창
백하게 앉아 뼈를 깎는다. 칼이 혀끝을 부드러운 적막처
럼 지나고 눈썹 위에서 새들이 우수수 떨어졌다. 붉은 불
빛들이 구슬처럼 흘러 천국의 불빛처럼 반짝이고. 날 버
린 마음들도 황홀했다. 봄비를 맞으며 비로소 내 몸을 보
낼 수 있을 것 같다고 생각했다. 먼지 같은 시간들이 뭉쳐
지는 저녁, 죽을 수 있다는 말과 함께 저녁은 저녁의 얼
굴로 나를 돌아본다. 어둠이 흰옷을 갈아입고 이제 비로
소 절망한다. 발 딛고 서 있는 모든 것들에게 안녕을, 봄
비가 내린다.

—「봄비는 그렇게 내린다」 전문

날 버린 마음들로 인해 나는 "마음 없는 몸"이 되어 "창
백하게 앉아 뼈를 깎는다." 마음을 잃어버리고 버림받은 몸

으로 이승희의 시는 상실의 상태를 노래한다. 첫 시집에서 안온한 시간이자 결핍의 시간이었던 저녁은 이번 시집에서 죽음에 가까워진 시간, 죽음을 담담히 받아들이면서도 치열하게 죽음의 시간을 견디는 시간으로 그려진다. 이승희의 시적 주체는 "봄비를 맞으며 비로소 내 몸을 보낼 수 있을 것 같다고 생각"하고는 "발 딛고 서 있는 모든 것들에게 안녕을" 고한다. 마지막 인사를 건네는 시적 주체는 "저녁의 얼굴"을 하고 있다. 그것은 죽음을 받아들일 줄 아는 자의 얼굴이다.

스페인에서 온 엽서에는 흰 벽에 햇살이 가득했고 맨 마지막 안녕이란 말은 등짐을 지고 가파른 골목을 오르는 당나귀처럼 낯설었다. 내 안녕은 지금 어디 있는가 가만히 몸을 만져본다. 두꺼운 책처럼 아무도 오지 않는 저녁 그어떤 열렬함도 없이 구석에서 조용조용 살았다. 오늘 내게 안녕을 묻는 이의 이름을 떠올린다. 그에게 수몰된 내 마음 보였던가. 구석에서 토마토 잎의 귀가 오래도록 자란다고 말했던가. 내 몸의 그림자는 구석만을 사랑하는지 구석으로만 자란다는 말을 했던가. 내 안녕은 골목 끝에서 맨드라미를 만나 헛꿈들을 귓밥처럼 파내던 날 죽어버렸다고, 물은 결국 말라서 죽는다고 말했던가. 나는 누군가에게 안녕이란 말을 했던가. 더는 물어뜯고 싶지 않다고 조용히 말했던가. 안녕을 묻는 일은 물속을 오래 들여다보는 일 같다고, 물속에 대고 이름을 불러주는 일, 그리하여 물속에 혼자 집 짓는 일이라고 말했던가. 안녕, 그 말은 맨발을 만지는 것처럼 간지러웠지만 목을 매고 싶을 만큼 외로웠다고 비명처럼 말했던가. 말을 했던가.
—「안녕」 전문

안녕이라는 말은 문맥에 따라 상황에 따라 다양한 느낌을 전달한다. 안녕은 처음 만나는 이에게 건네는 인사일 수도 있고, 반복되는 일상 속에서 습관적으로 주고받는 의례적인 인사일 수도 있으며, 작별을 고하는 마지막 인사일 수도 있다. 이 시의 화자가 스페인에서 온 엽서에 씌어 있는 '안녕'이라는 말을 낯설게 느낀 것은 "그 어떤 열렬함도 없이 구석에서 조용조용" 살던 시절 동안 '안녕'이라는 말을 주고받는 일조차 심상하게 하지 못했기 때문일 것이다. 살아 있는지, 정말 살아 있다고 말할 수 있는지 제대로 안부를 건네지도 못한 시절, '안녕'한지 감히 물어볼 수도 '안녕'하다고 소식을 전할 수도 없었던 외로운 시절을 지나왔기 때문일 것이다. "안녕을 묻는 일"은 그에게 "물속을 오래 들여다보는 일" 같았으며, "물속에 혼자 집 짓는 일" 같았다. "목을 매고 싶을 만큼 외로웠"던 그 시절을 상기시키는 말이기에 그에겐 여전히 '안녕'을 고하는 일이 쉽지 않다.

늙음과 죽음과 망각의 시간을 담담하면서도 당당하게 받아들일 줄 알게 된 시인은 이제 자신이 지나온 시간에 작별을 고하고자 한다. 안녕, 안녕. 차마 안부를 묻지 못했던 지난 시절을 향해, 서서히 그러나 치열하게 죽어갈 남은 시간을 향해 안녕이라고. 그것은 "일렁이는 불빛을 가슴에 심장처럼 달고/ 새처럼 바람처럼/ 한끝에서 한끝으로 옮겨가는 일/ 어찌 이리 쓸쓸한가"(「절벽 가는 길」) 묻는 일이기도 하다. 시인을 따라 우리도 지난 시절의 나에게, 머잖아 잊힐 나에게, 그리고 남은 날들의 나에게 쓸쓸히 인사를 건네보자. 안녕, 안녕이라고.

이승희 1965년 경북 상주에서 태어났으며, 1997년에『시와사람』으로, 1999년에 경향신문 신춘문예로 등단했다. 시집으로『저녁을 굶은 달을 본 적이 있다』가 있으며, 동시집『달에게 편지를 써볼까』(공저)와 동화집 몇 권을 펴냈다. '서쪽' 동인이다.

문학동네시인선 030

거짓말처럼 맨드라미가

ⓒ 이승희 2012

1판 1쇄 2012년 10월 31일
1판 12쇄 2026년 4월 17일

지은이 | 이승희
책임편집 | 김필균
편집 | 김민정 강윤정 김형균
디자인 | 수류산방(樹流山房) 본문 디자인 | 유현아
저작권 | 박지영 형소진 주은수 오서영 조경은
마케팅 | 정민호 서지화 박치우 한민아 왕지경 이민경 정유진 정경주 김혜원
        김예진 이서진
브랜딩 | 함유지 이송이 박민재 김하연 신은서 이준희
미디어콘텐츠 | 함근아 김은솔 박다솔
제작 | 강신은 김동욱 이순호
제작처 | 영신사

펴낸곳 | (주)문학동네
펴낸이 | 김소영
출판등록 | 1993년 10월 22일 제2003-000045호
주소 | 10881 경기도 파주시 회동길 210
전자우편 | editor@munhak.com
대표전화 | 031) 955-8888 팩스 | 031) 955-8855
문학동네카페 | http://cafe.naver.com/mhdn
인스타그램 | @munhakdongne 트위터 | @munhakdongne
북클럽문학동네 | http://bookclubmunhak.com

ISBN 978-89-546-1942-4 03810

* 이 책의 판권은 지은이와 문학동네에 있습니다. 이 책 내용의 전부 또는 일부를 재사용하
  려면 반드시 양측의 서면 동의를 받아야 합니다.

잘못된 책은 구입하신 서점에서 교환해드립니다.
기타 교환 문의: 031) 955-2661, 3580

www.munhak.com

문학동네